Gert Loschütz

Diese schöne Anstrengung

AutorenEdition

Herausgeber:
Gerd Fuchs Heinar Kipphardt Uwe Timm

Gert Loschütz

Diese schöne Anstrengung

Gedichte

AutorenEdition

CIP-Kurztitelaufnahme der Deutschen Bibliothek

Loschütz, Gert:
Diese schöne Anstrengung : Gedichte
Gert Loschütz. – München :
Verlag AutorenEdition, 1980.
ISBN 3-7610-0559-8

Gesamtherstellung: Friedrich Pustet, Regensburg
Umschlagidee: Hanne Kulessa, Frankfurt
Umschlaggestaltung: Hannes Jähn, Köln
Printed in Germany
ISBN 3-7610-0559-8

I

Kirschen

Ach, Mutter, den Berg hinunter die Kirschen
für dich aus dem Konsum, den Zwillingsberg
wieder hoch, in der Tüte die Kirschen
schon weniger süße Flecken.

Hinterm Krankenhaus bis zum Galgenberg
je nach Jahreszeit Blütenfall
Wolken Herbstwasser im Geäst Oktober, winters
lag Schnee drauf, von deinem Bett
ohne Anstrengung auszumachen.

Vor der Diätküche war die Tüte leer
der letzte Kern begraben in der Jackentasche
Dienstag Freitag Sonntag, den siebten Teil
meiner Kindheit, bergauf bergab Kirschen
rote Dinger Leberbrand Herztod.

Winter

Der mit den fleckigen Bananenschalen
und der billigen Butter vor Weihnachten, der die Asche
auf den Fußweg streut und auf die Wasserleitung tritt,
der mit den blauen Fingernägeln, der den Gaszähler
antreibt, der mit der aufgesprungenen Haut
im Gesicht, der die Schwäne abschlachtet, der um fünf
den Park zusperrt, der mit dem gefährlichen Hüsteln
unter der Pelzkappe, der mit der Grogfahne und der Kette
Graugänse im Haar, der die Kerzen auffrißt
und den Pferden die Beine bricht, der mit
den Fußwickeln in den Stiefeln, der steigt
ins Fenster und macht mich kalt.

Die Ratte

1

Die Ratte mit mindestens vier Beinen
        und der Schnauze dreimal so lang
wie der restliche Kopf und dem Schwanz
        von zwei Handlängen im Schatten der Hauswand
ist wie Doktor Geyers Gebo-Desinfektor,
        der den Urinstein blitzschnell vom Becken löst,
wo ich einziehe, immer schon da, bloß
        daß sie noch schneller ist,
kein Geld kostet und nichts verspricht.

2

Vorm Fenster der Hofwand kriegt die Wäsche
        nur zwischen halb elf und elf
Sonne, dafür ist gegenüber das Haus
        vom Keller bis unters Dach
gelb, wenn ich die Augen zusammenkneife,
        Ohren/Nase verstopfe, kann ich mir
von Januar bis Dezember vorstellen:
        Ich stehe bei Windstille mittags
im Flachsfeld, nahe Demsin,
        ehe Flächenbrand die Ratten
über die Stoppeln treibt.

3

Zwei kaputte Schreibmaschinen, auf keiner
läßt sich mehr schreiben, stehen
nebeneinander auf dem Tisch, auf keinen der Stühle
kann ich mich setzen, da sie aus Nachlässen
stammen, kann ich mich nicht beschweren, wer hat
mir das Bild von San Gimignano
aufs Klo gehängt, das mich mit seinen acht
oder elf Steintürmen
an die Vergänglichkeit der Macht
wie an den gnadenlosen Bestand
ihrer Zeugnisse erinnert?

4

Da klemmt ein Fenster, durch das
ich meinen Kopf stecken will, dich
zu warnen: die Ratte! du stehst
auf der Straße, lachst mich aus, bevor
du mit gelbem Haar ins Auto steigst
und abfährst, ich bleib
zwischen Flecken im Mauerwerk und lausche
dem Schmatzen im Eßzimmer,
übereinandergelegt durch die Jahrzehnte
wie auf tausend Tonmaschinen.

5

Über der Lehne hängt die Jacke, die Ärmel
        links/rechts weggestreckt, als steckte
ich noch drin, Regen/Staub unter die Laterne gesprüht,
        Regen/Schritte auf dem Papier,
Regen/Ohrtrommel nachtstags.

6

Sie schleppt, was ich wegwerfe, zwischen den Zähnen
        hinter die Ecke, bis sie auf Wanderschaft geht,
mir voraus, weil ich umziehe wieder,
        in diesem Jahr nicht mehr, aber im nächsten.

Zugfahrt

Grasnarben Spuren von Schnee Lehm.
Plastikfolie, beschwert mit Steinen,
auf dem Holzdach flatternd.

Warnbälle, auf die Stromstränge gezogen,
von Hochmast zu Hochmast
übers Land.

Betonmischer unter schwarzem Plastikschutz
zwischen Karnickelstall und Garagenanbau,
Gaststätte und Metzgerei, eigene Schlachtung.

Ballen von Altkleidern auf dem Bahnsteig,
abgedeckt gegen den Regen
mit bunten Plastiklaken.

Dämpfe aus Röhren,
die an runden Behältern hochwachsen.
Wendeltreppen aus Eisen.

Einzeln stehende Häuser,
»wo die Frau das Beil neben die Tür stellt,
wenn der Mann weggeht.«

Vorm Schlagbaum wartende Autos
mit laufendem Motor
und hin- und herzuckenden Scheibenwischern.

Auf totem Gleis Tieflader
mit Kettenfahrzeugen, getarnt
unter Planen.

Mitten im Acker, wo der Hügel ansteigt,
weit weg, ein einzelner Baum, eine andere Zeit.
Der Himmel: ein umgestülpter Eimer,

unter dem wir fahren, als zöge einer
die Landschaft am Fenster vorbei,
auf Plastikbahnen gedruckt.

IN DER FRÜHE, nachdem ich mich die halbe Nacht
am Fabrikschornstein festgeklammert hatte,
oben, wo der Wind kalt geht, schon
schmetterte die Knochenfanfare:
Platz für Neues,
das Signal zur Sprengung,
und keine Sprosse führte hinab –

wenn die Muskeln noch lahm sind
von den vergeblich geschlagenen Haken
auf der Flucht, und die Sümpfe,
durch die ich mußte,
sind noch nicht trockengelegt,

höre ich durch die Wand meinen Nachbarn,
wie er Wasser ins Becken
laufen läßt, und bin beruhigt. Wenn ich Glück habe,
singt vorm Fenster
der einzige Vogel der Stadt,
wickelt mich in sein Netz
und nimmt mich noch einmal mit
hinaus –

bis das erste Telefon
mich endgültig zurückholt
in den Märztag mit seinen Mahnungen im Briefkasten,
den ungeputzten Stiefeln
im Flur, unter einen Himmel
wie verschimmeltes Brot,
weiß und grau.

Spaziergang

Gepflügter Acker: Getreide- oder Minenfeld.
Die Birke brach der Schnee?
Manöverschaden oder Sturm: Wer schlug
die Lichtung in den Wald?
Die Säule, die zum Himmel wächst:
Rauch oder Krähenspur? Im Strauch
der Schlingendraht fängt wen?

Cathy Berberian

Vögel, lebendig gerupft,
wunderbarer Flugversuche Echo.

Marathonläufe von Amputierten
über kochenden Asphalt

durch baumlose Ebene, in der
unbekannte Flugobjekte landen.

Singt Zer-Wörter kunstvoll
rückwärts, zersägt Konzertsäle.

Immer fürchte ich, sie könnte
einen Ton voll treffen,

denn das wär Verrat.

II

Über die Unmöglichkeit der Liebe

1

Bevor ich schreib
für die falschen Leute, schreib ich
für dich. Du liegst
in der ausgefallensten Stellung richtig.
Meine Achtlosigkeit reibt dich wund.

Wir sind uns nah wie im Kopf
die Gedanken meines Freundes K.,
dems den Verstand in zwei Teile gehaun hat.
Er hat ein Verlangen nach sich.

2

Der Clinch der Geschlechter.
Keiner wirft das Schweißtuch.
Als wärn wir nicht zerschunden genug.

Das Stottern zwischen den Laken.
Und der Rest, den wir wegstecken
in eine dicke Tasche. Drin

stopft mit Nadel und Faden die Krankenschwester
meiner Mutter den Rücken. Fall aus dem Fenster
ich, kopfüber, ein blinder Vogel. Toben
hinter dem Haus, im Jauchegraben, die Ratten.

Bricht dir die Finger das Klavier. Tanzt,
eine ausgelenkte Käthe-Kruse-Puppe, die Liebe.
Hüpft über Berge als einbeiniger Soldat,
faßt sich an die Eier und beginnt, einbeinig
in der Luft zu schweben, die Theorie vom heiteren
Zusammenleben. Was wär es, wenn was blieb, das bliebe?

3

Nichts paßt. Hier darf nichts passen.
Wir sind nicht beim Zuschneider, der uns
die Wirklichkeit zurechtschnippelt, daß wir
drin glänzen.

Wie unser Anfang, ungereimt, ist das Ende.
Fiel mir ein Reim drauf ein, er tuts, ich reimte auf Wände

und Köpfe, dicke Taschen, gegen Wände zu schlagen.
Was wir weggesteckt haben in den schlechten,
trennt uns in den besseren Tagen.

4

Nichts wegstecken sollst du.
Kein Stück aus der Angst brechen.
Wegkauen kein Wort Enttäuschung.
Nicht einsacken den Morgen, kaffeebraun.

Sack ein, brich raus, kau weg.
Was uns auseinandertreibt, hält uns zusammen.
Wieder ein gewöhnlicher Morgen. Juli. Keine
Küste vorm Fenster, dafür Dächer, blaß gebrannt.
In die Sonne gerollt, glänzen wir neu.
Es geht wieder los.

Einflugschneisen

Für Kurt Bartsch

Du da – ich hier
und zwischen uns der Flugplatz,
wenn der Wind gegen mein Fenster klirrt,
weiß ich, daß der Wind über deinem Haus steigt,
und hör dich fluchen, wie ich fluche,
wenn über deinem Haus Stille ist,
weil sie dann über meinem Haus runterkommen,
im günstigen Wind und Krach machen,
die Besucher, noch vor der Landung, und runterstarren
auf uns, ohne uns zu meinen, und dann, runtergekommen,
uns besichtigen, jedem in seiner Stadt
die Denkmäler wegfotografieren,
um nach kurzer Zeit und mit vollen Filmen
wieder abzufliegen, up up and away,
mit großem Krach über mein Haus oder deins,
je nach Richtung des Winds
ducken wir uns, jeder für sich, abwechselnd
in unsere Einflugschneisen,
ich hier – du da.

Die Ordnung

Da ist sie ja schon, schalt den Fernsehapparat ein.
Kurze Zeit schlief sie hinter den Zähnen der Koalition.
Jetzt öffnet sie das Maul, und es riecht verfault.

Auch der Kanzler weiß, was ihm nützlich ist.
Die Opposition klatscht, weil wieder ein Mädchen gefaßt.
Das Fernsehen kam diesmal zu spät.

Kerl, stell den Stuhl an seinen Platz!
Besorge den Abwasch!
Weißt du denn nicht, woran man Anarchisten erkennt?

Mein Vater mußte dreißig Jahre arbeiten,
bevor er sich einen eigenen Garten leisten konnte.
Wie soll ich ihm jetzt noch klar machen,
daß ich nicht sein Feind bin?

Die Ordnung, brutal und dumm wie ihr Gegenteil.
Mit euren Gesetzen geht man zu Bett.
Mit seinen eigenen steht man auf.

Da oben wohne ich

Über meiner Wohnung der Boden,
über dem Boden das Dach und über dem Dach das Wetter.
Auf dem Boden, was nützlich war. Die Kuhle
im Sessel beweist: in ihm wurde gesessen.
Ich schließe die Wohnung auf und stehe
über den Köpfen derer, die unter mir wohnen.
Die Dielen sind fest, auch die Wände.
Die die Wände *hochzogen*, sagt man wohl,
die Dielen legten, die Fenster einsetzten,
durch die ich den Baum vor dem Fenster,
die Fenster der gegenüberliegenden Häuser,
die Dächer und das Wetter darüber betrachte,
sind tot. Keine Erinnerung an sie. Ihre Namen
auf keinem Schild. Die Straße heißt nach einem Kurfürst,
der Schlachten schlagen ließ. Meinen Mantel
hänge ich in die Nische im Flur. Meine Schuhe
passen hinter den Vorhang. Andere
haben meine Bedürfnisse vorausgedacht.
Durch das Türglas fällt in den Flur Licht,
wenig, aber es reicht, die Beschränkung
des Flurs zu erkennen. Hinter der Tür
Platz für Gedanken. Ich denke, wenn ich am Tisch sitze:
Ich rauche erstmal eine Zigarette. Du mußt
arbeiten arbeiten. Dahinten
sackt nachher die Sonne weg. Es wird kalt.
Nachts im Bad wirft der Ölanstrich Blasen.
In ihnen sammeln sich, denke ich am Morgen,
die Tränen der Maurer.

Meine Freunde

Meine Freunde reden davon,
daß ihre Telefone abgehört werden.
Den Staat stelle ich mir jetzt vor
als ein großes Ohr.

Meine Freunde reden davon,
daß ihre Post geöffnet wird.
Den Staat stelle ich mir jetzt vor
als eine eifersüchtige Ehefrau.

Meine Freunde reden davon,
daß ihre Wohnungen durchsucht werden
(in ihrer Abwesenheit).
Den Staat stelle ich mir jetzt vor
als eine neugierige Vermieterin.

Meine Freunde reden von
den Polizeieinsätzen bei Demonstrationen.
Den Staat stelle ich mir jetzt vor
als einen großen Knüppel.

Meine Freunde reden manchmal
wie über erfolgreich abgeschlossene Kämpfe.
Dann stelle ich mir den Staat vor als ein Altersheim
voll junger Genossen.

Der sanfte Tod

Wir hatten ihn uns anders vorgestellt, heroischer.
Schlimmstenfalls am Schreibtisch, freudige
Erschöpfung. Der Bleistift bricht einfach ab.
Aber die Spitze, grau und schnell
wie ein Stück Blei vorm Aufschlag.

Oder mitten in der Diskussion. Stehend.
Der Mund ist aufgerissen. Da schnellen
wie Schwalben die Worte und wissen,
bevor sie aus großer Höhe stürzen: da ist es,
das Land. Wir bleiben als Abdruck.

Oder wir pflanzen in die Straßen, die unsere Füße treten,
Bäume, an die unsere Vorstellungskraft
nicht ranreicht. Den Dschungel, in den
wir uns zurückziehn bei Gelegenheit,
um bei Gelegenheit aus ihm hervorzubrechen:

Schrecken der Apfelweinstadt. Chaotischer
als der Berufsverkehr auf der Bockenheimer
am Nachmittag um vier. Rasanter Tod beim Verkehren
der gesellschaftlichen Grundlagen.
Planspiele im Palmenhaus. So ungefähr.

Aber nun: Zeit der Pragmatiker, geduldiges
Kopfnicken. Lange Sätze, die an kurzen Gedanken zerren.
Das bleibt uns ja und ist bekannt: Wir tun
unsre Arbeit als unsre Arbeit, weil,
wenn wir sie nicht tun, wer tut dann unsre Arbeit.

Immer findet sich einer, der den Weg noch nicht kennt
zum Bahnhof. Wir geben Auskunft. Und unterwegs
wird er erschossen. Nachrufe fallen uns ein
auf unsre Zukunft. Zu früh gestartet oder zu spät.
Eingedeckt mit Theorien und abgelenkt von der Notwendigkeit

zu leben, bleibt er uns, hinterhältig und sanft,
der Tod, zwischen Möbeln, die auf uns sitzen,
über Gläsern, in die wir fallen, vor Zigaretten,
die uns verbrennen, garantiert
und lächerlich.

Landleben

Freunde werden ansässig. Hoffnungsfroh
pflegen sie den Umgang mit Architekten, die ihrerseits
über den neuen Umgang nicht unzufrieden sind.

Auf dem Land läßt sich leben. Aus der Stadt
werden noch ein paar Bäume angekarrt, damit das Land
nicht so kahl aussieht.

Schade, daß die Bauern immer weniger werden.
Wenn der letzte seinen Hof verkaufen will,
spielen wir nicht mit. Wir schätzen die in jahrhunderte-

langem Ringen mit der Natur erworbene Demut dieses Standes.
Es wäre auch schädlich, wenn man dem Bauern die Arbeit
durch technische Neuerungen zu leicht machte.

Der Fortschritt ist ein Gewehr und gehört
in behutsame Hände. Wir richten das Land ein.
Als Vorlage dienen uns Motive von Sonntagsmalern.

Zu jedem Dorf gehört ein Trottel. Man kennt sie,
diese Folgen falsch verstandener Schwesternliebe,
die mißglückten Abtreibungen, die durch das Schleppen

von vollen Milcheimern, Kartoffelsäcken, durch den Sturz
von der Leiter verursachten Frühgeburten, wie sie
über die Straße schaukeln, auf den Böcken

nahe dem Dorfplatz herumturnen,
Schulmädchen hinterhersabbern – auch ihre Existenz
ist bedroht. Die Humanmedizin ist gnadenlos.

Wenn wir am Abend unter der Linde beisammensitzen,
sprechen wir über die Kämpfe in den Eckkneipen
der großen Städte, denen wir entronnen sind.

Nicht, daß wir uns zurückgezogen hätten, aber aus der Entfernung
sieht alles ganz anders aus. Zunehmend – da sieht man,
wie recht Marx gehabt hat, als er behauptete, die Umwelt

bestimme den Menschen – gewinnt das dörfliche Leben
in unseren Gesprächen an Raum: Das Wetter zum Beispiel.
Und da huscht durch die totale Finsternis ein Igel.

III

Sonntag

Sonntag mit dem schwarzen Käppi,
lahmarschiges Ding, mit dem keiner was anfangen kann,
an dem die Hemden steifgefroren vorm Fenster hängen,
mit dem Spermageruch der Muschelschalen in der Mülltonne
vom Vortag, mit der zersprungenen Schnalle am Handgelenk
des Mädchens in der Nachmittagsdiskothek
und der auf den Kopf gestellten Asbachflasche, it's nothing
but a heartache-Sonntag des Gattenmordes im Affekt
nach dem Spaziergang auf dem Lohrberg, Stummfilmsonntag
mit Original-Klavierbegleitung im Zeichen des Zorro,
an dem Edward Teller behauptet, einer mit seinem Wissen
könne die Erde auch ohne angereichertes Uran
auseinandersprengen, Sonntag der Skilangläufer und
Telefonanrufe am Abend, bei denen sich keiner meldet
am anderen Ende, nur das Getöse der Brandung
und leises Schnaufen im Hörer aus einer Telefonzelle
am Meer am Sonntag.

Leute

Ich kenne welche, die mit dem Papier sprechen,
mit Briefumschlägen und Zigarettenschachteln.
Andere kauen an Nägeln, lutschen den Daumen

oder malen mit dem Fuß müde Porträts unterm Tisch,
trödeln mit Johnny Cash durch die Musik
und über Baumwollfelder
oder blasen Kringel in die Luft, durch die sie wie in eine Schlinge
ihren Hals stecken.

Andere zählen die Stufen zu ihrer Wohnung, Tag für Tag
diese quälende Summe,
nässen das Laken im Bett,
prüfen mit ihrem Schädel die Haltbarkeit deutscher Wände.

Die hatten, von einigen weiß ichs, mal Zukunft im Auge,
bewegten mit ihren Worten die Luft und uns
und jetzt: so neurotisch beschäftigt, kein Anlaß zum Spott.

Nach denen sollten wir Straßen benennen,
damit wir es nicht vergessen: jede Straße ein Krankheitsbild,
jede Anschrift ein Fall für die Wissenschaft, die konkret ist
und fordert.

Doktorand

Seine erste Dissertation wurde abgeschmettert.
Die Gutachter fanden zwar rein, aber nicht wieder raus.
Der Plan für die zweite Dissertation hängt
an der Wand hinter ihm.

Bescheiden soll er sein, trinkt Nescafé und ißt Kekse,
raucht nur Zigaretten, die ihm angeboten werden,
antwortet, bevor er gefragt wird, das spart Zeit.

Natürlich lebt er mit einer Lehrerin zusammen,
die zu ihm aufschaut. Er tut so glücklich,
daß ich nicht in seiner Haut stecken möchte.

Am frühen Abend, wenn die Hitze nicht mehr weh tut,
Wanderungen ums Haus, aber in kleinen Schritten
und mit Verschnaufpausen an jeder Ecke.

Wenn die Wirklichkeit nicht mit seiner Vorstellung
von ihr übereinstimmt, liegt das an der Wirklichkeit,
die mit seiner Theorie von ihr noch nicht vertraut ist.

Der Boxer

Man weiß nicht, ob er
noch einmal aufsteht, so zusammengequetscht
wie er jetzt aussieht. Und schlug
so großartige Kombinationen. Ohne Ansatz
die Rechte, immer mit durchgedrücktem Nacken,
als stünde mehr dahinter
als Prügel. Konnte Auspendeln, ohne
einen Schritt zurückzugehen.
Beweglich und jung. Und wenn
er zurückging, machte er
halbe Schritte,
um am Gegner zu bleiben,
der gegen ihn immer aussah,
wie das Wort klingt: plump.

Jetzt: Die Hand aus dem Nichts,
die seine Stirn hält, vier Finger
im Licht, der fünfte
im Schatten. Seine Augen
halb geöffnet oder halb geschlossen.
Die Oberlippe von den Schlägen,
die durchkamen, aufgeworfen, die Wülste
über den Brauen wie bei einem Affen.

So auf dem Rücken liegen
im Zelt, bis unter die Kuppel
gefüllt mit Pfiffen, und
abwesend sein.

Ab-
warten. We-
niger werden. End-
lich Ru-
he.
Aus-
atmen.
Keine Ver-
pflichtungen. Nie
wieder siegen müssen. Das Koma
wie die einzig gültige Entschuldigung
annehmen, wenn der Tod als Flucht mißverstanden würde.

Aufwachen nach Wochen
und zum Spaß Schattenboxen, Bewegen
der Muskeln, kurze Waldläufe. Nach Tätigkeiten
Ausschau halten, die in einem sinnvollen Zusammenhang
stehen. Wieder das Training aufnehmen.
Boxen.

Techniker

Kein Arbeiter mehr, aber noch kein Ingenieur:
ein Techniker, treffende Bezeichnung,
trägt morgens die Aktentasche voll Stullen
und Tabellen ins Werk.
In der Aktentasche die Tabellen trägt er
auch wieder nach Haus. Abends
lernt er auf Ingenieur, dies Ziel
ist erreichbar. Im Nebenzimmer
masturbiert seine Frau. So fördert auch sie
das erreichbare Ziel.

Unterschied

Wie es mir unmöglich ist,
nach fünf ins Kaufhaus zu gehen,
weil ich die kaputten verschwitzten Gesichter
nicht ertragen kann –

ist es meinem Nachbarn unmöglich,
vor fünf ins Kaufhaus zu gehen,
weil er bis fünf
schwitzt und sich kaputt macht.

Karneval

Das Pißbecken lutscht rote Bonbons.
Viel Papier schnipselt die Fifth Avenue runter,
wenn der Präsident mit der Pappnase vorbeischnieft.
Die Wirtin wickelt den Rollmops in Zeitungspapier.
Der Zigeuner knistert mit seiner Hand
unterm Hemd des Matrosen.
Mit seinem Papierpenis stößt der Pappkamerad
ins Leere. Heute sind wir froh
von der Küche bis aufs Klo.

Trennung

Die Kneipen wechseln, die Zahnpasta,
andere Zigaretten rauchen, andere Filme sehen,
Freunde wegschicken, Telefonnummern durchstreichen,
am liebsten auch die Schlager aus den Ohren puhlen,
die alten.

Besuch

Freunde kommen zum Frühstück und wissen,
wie man ein Ei auf den Tisch stellt.
Sie gehen und hinterlassen Stühle,
auf die sich am Mittag andere setzen,
die wissen, wie man die gelben Flecken
wieder vom Holz kriegt. Am Abend
habe ich einen sauberen Tisch
und bin so schlau wie am Morgen.

Gehirnerschütterung

Kreidestriche die Bremsspur lang, weiße Schleife
über die Chaussee in den dritten Stock Chirurgie,
wo du ohne Erinnerung kregel bist, Amnesie
wie Anemone/Buschwind, du heißt mich Bismarck,
bist die Katze, ich der Fisch.

Schallmauer

Dummme Tulpen, Salzfaß, der Tisch erzittert,
in Splittern saust die Luft herunter, schneidet
mein Gesicht in zwei gleich schnelle Hälften,
eine spielt am Rhein, Märzsträucher drin ersoffen,
nachts die Sichel Halsabschneider doppelt, die andre
fährt tagsdrauf nach Nijmegen im Zug, vorbei
an Weinspalieren, Hügeln. Die sind, eh ich mich
umdreh, am Kanal und weiter, fast schon über Dover.

Tod im Bungalow

Langsames Ausblenden oder schneller
Schnitt auf dem Sofa. Vielleicht

daß der Fernsehapparat noch läuft, wenn
am Morgen die Putzfrau die Tür

aufschließt, erschrocken über
die umgekippte Flasche mitten im Zimmer.

Daß keine Not geherrscht habe,
teilt sie dem Enkel am Nachmittag mit

und weint, wenn er gegangen ist,
über das Schicksal der Glücklichen.

IV

Plötzlich ist Lorca verschwunden

1

Ich meine den schmalen Band mit den guten Gedichten
in der schlechten Übersetzung von Enrique Beck.
Mit den Gedichten über den Tod von Ignacio Sánchez Mejias,
dem Stierkämpfer, am Nachmittag um fünf Uhr.
Als ich ins Bad ging, als das Teewasser abkühlte,
als Kalkulatoren den täglichen Mehrwert überschlugen,
als keine Tür aufgerissen werden konnte, ohne
auf Sekretäre zu stoßen, die nicht versucht hätten,
sich für den Rest des Tages zu erträglicher Größe aufzublasen,
als Hausfrauen ihre Röcke auseinanderfalteten
und die Stöpsel aus den Löchern zogen, als die Stühle,
die Blumen, die Haare auf den Köpfen der Kinder
wohlgeordnet schienen, als die Hintertüren verrammelt waren,
damit nicht Krankheit, nicht Tod, kein zufälliger Gast
Zutritt findet. Am Nachmittag, als es auf allen Uhren
fünf Uhr war, habe ich im Bad die vier Gedichte
über den Tod des Stierkämpfers Ignacio Sánchez Mejias
am Nachmittag um fünf Uhr gelesen.

2

Wie rot vor Anstrengung sein Gesicht ist, welche Anstrengung,
Zuschauer zu sein, in diesem Augenblick
mit von den Augen geschnittenen Lidern.
Die Tabellen sind zugeklappt. Die Kurse fallen oder steigen.
Redakteure winden sich in ihren Stühlen. Sekretäre
wandern aufgeblasen wie Toreros durch die Straßen.
Wissenschaftler in gut ausgeleuchteten Büros fressen Papier
und scheißen Formeln, die sie auf trüben Klosetts
rasch wieder runterschlingen. Plötzlich
ist Lorca verschwunden. Auf keiner Uhr mehr ist es fünf Uhr
am Nachmittag. Meine Seele ist abwesend oder nicht.
Ich steige ins Bad. Ich renne wie irre durch die Straßen.
Ich besorge die Beleuchtung und schieße sie aus.

3

Schlecht aufgeblasene Sekretäre werden übersehen
und geraten unter die Räder. Das Teewasser friert ein,
während es auf der Flamme steht. Das Badewasser
spült mich weg. Kein Schmerz ist schnell genug. In ein paar
Jahren bin ich so alt wie meine Mutter. Ich habe das Buch
weggelegt. Ich habe die Kleider über den Stuhl geschmissen.
Ich habe das Radio eingeschaltet. Ich bin ins Bad gegangen.
Ich habe das Buch genommen. Ich habe den Stuhl weggeschmissen.
Ich habe das Wasser einlaufen lassen. Ich habe die Schlager
weggeschmissen. Ich habe den Stuhl gesehen. Ich habe
die Gedichte gelesen. Ich habe meine Kleider gesucht.
Ich habe den Stuhl gefunden. Ich habe die Gedichte
weggeschmissen. Es ist zum Verrücktwerden.

4

Vor meiner Tür werden, während ich schlafe, Wagenladungen
von Flaschen abgeladen, die ich geleert haben soll.
Vor meine Tür werden Berge von Zigarettenkippen gekippt.
Vor meine Tür werden plattgewalzte Sekretäre gelegt, an die
ich mich nicht erinnern kann. Wissenschaftler,
denen ich nie begegnet bin, hängen in den Obstbäumen.
Durchs Fenster blöken Fotzen, in die ich nie stoßen wollte.
Dreimonatskinder, die sich Long John und Ballantines
nennen, schmeißen im Vorgarten nach Newton und Einstein.
Das ist die Verwandtschaft.

5

Stöpsel fliegen durchs Zimmer. Gut frisierte Skalps
von Lehrerinnen fallen von der Decke
auf die Glatzen wohlbeleibter Gäste. Ich will sie rausschmeißen,
aber sie bleiben. Ich sage: Ich bin Elvis Presley. Sie lachen,
daß mir die Flaschen über dem Kopf zerknallen. Ich ducke
mich. Ich krieche unter den Tisch. Ich ziehe den Teppich weg.
Ich probiers mit Handstand: Oberkiefer von unten und gegen
die Deckenbeleuchtung. Ich bin für den Handstand. Ich will
diese Figuren nicht, die in meinem Garten herumwehen.
Ich bin für die Schere. Besucher erinnern mich immer
an mich. Wär ich nicht, was ich nicht bin, wärn sie nicht,
was ich nicht sein kann. Den Satz verstehe, wer will. Dabei:
Ich würde gern nachfassen, mit tastenden Fingern. Bist du das,
du Milbe?

6

Soviel ist klar: Ich bin gegen Gäste. Ich wechsle
die Einrichtung, aber sie hocken auf jedem Stuhl, der
ins Haus getragen wird. Ich wechsle das Haus, aber sie hocken
in jedem Zimmer, in das ich einen Stuhl stellen will.
Ich wechsle die Sprache, aber die Sprache ist kein Haus,
in das man sich zurückziehen kann. Die Türen sind
ausgehängt. Alles ist einkalkuliert. Jeder Sekretär sagt,
während ich über ihn stolpere: Guten Morgen, als stünde er
mit mir auf vertrautem Fuß.

7

Was soll ich noch sagen? Habt ihr eine Idee? Da war noch
die Geschichte mit Lorca. Und wer war dieser Ignacio
Sánchez Mejias, ein Stierkämpfer, der auch Dichter war,
oder ein Dichter, der es sich leisten konnte, Stiere
zu züchten, damit er was hatte, wogegen er antreten konnte?
War sonst nichts da? Um diese Zeit geh ich, um beim Thema
zu bleiben, ins Bad. Ich kann mir das leisten. Meine Feinde
vermehren sich, während ich von ihnen lese.

8

Sein Sie mal ehrlich, hör ich. Ich bin, wenn ich ehrlich bin,
ganz schön zerrieben. Manchmal denke ich, so zerrieben
wie du bist, ist ein zerriebener Tropf. Geh, geh –
und hör nicht das heiße Stiergebrüll. Nichts hör ich.
Die Paella hab ich an Freunde verfüttert. In der Nähe
von San Clemente, Californien, sind siebzehn Pottwale
an den Strand geschwommen und im warmen Wind erstickt.
Einmal stirbt auch das Meer. Die kleineren Fragen würde
ich gern beantworten: Da ist die Sache mit Lorca. Aber
man soll sowas nicht zerreden. Ich trockne mich jetzt ab,
dann nehm ich den Teekessel von der Flamme und zahl,
was noch offen ist. Ich mach, daß ich nach Haus komm.
Vielleicht ruft einer an und will wissen, wie es
um Mejias steht.

Das Ohr des Paul Getty

An diesem verkehrsfreien Sonntag, an dem
das Ohr des Paul Getty auf dem Postamt liegt,
in Pergament gewickelt, in Erwartung
des Kohutekschen Kometen, der den Mond

in den Schatten stellen soll, die Frage: Stimmt es,
daß anstelle ihrer Werke die Künstler selbst
im Ausstellungsraum hängen, hinter Glas,
mit Fixativ besprüht, daß sie an Fäden im Raum schweben,

kostbare Stücke, in Listen geführt, oder
sich drehen auf stählernem Sockel, eingegossen
in Kunstharz, auflackierte Unikate,
während im Park die Windlichter flackern

und die Schmerzensschreie der Katzen
in den Camparigläsern zittern,
und hinter den Tabletts die Gärtner, weißgeschminkt
zum festlichen Anlaß, weißer als ihre Dinnerjackets,

aus deren Ärmeln rissige Hände baumeln,
hier, in diesem bis auf die letzte Ecke ausgeleuchteten Saal,
in dem die Besucher keine Schatten werfen,
zwischen all der Kunst, diesem gewissenhaft

organisierten Erleiden der eigenen Todesstunde,
wo die Luft so dünn ist, daß Papierflugzeuge,
gefaltet aus nachgelassenen Testamenten, sofort abstürzen,
immer noch die Bewegung zwischen Buchsbäumen,

small talk zum belegten Brötchen, und am Nachmittag
hatte der Regen wieder aufgehört, der den Saharasand
von den Palmen vor der Kaserne in der Via Ventuno Aprile,
von den Denkmälern auf dem Gianicolo, von allen Dächern

der Stadt und sämtlichen Fiat 500 gewaschen hatte,
in denen sich zur Stunde des Kometen die Jugend
befingert, ewig im Aufbäumen der Lust, das die Karosserien
ausbeult, und ewig die geschlossenen Fensterläden

in den Straßen, und am Morgen noch in Anzio,
wo die Maschinengewehrtürme in der Landschaft stehen,
wo in der Bar des Hotels Engländer den Jahrestag
der Landung feierten, wo ich allein auf dem Balkon saß,

wo die Möve vom Wind, der vom Meer kam, immer wieder
auf den Strand gedrückt wurde, bis sie erschöpft
liegen blieb, und die Langeweile der Jungen,
die auf dem umgekippten Boot Radio hörten,

und dieser über ganz Europa verteilte Mist: Libbysdosen
Niveaschachteln Soleaflaschen, Welle für Welle
an den Strand geschmissen, am Hang, wo's zur Stadt
rausgeht, um die Leere gebauter Beton, steinige Felder,

Täler mit Abfällen zugeschüttet, Küsse der Firme
Perrugio und Ticktack *il nuovo taktik* aus dem TV und
auf den Mauern im Quartier *Fronde Gioventu* und *Forza Lazio*,
und die verknöcherten Männer auf der isola verde,

die russischen Emigrantinnen, die Geliebten
der deutschen Botschaftsräte aus den 30er Jahren,
das Klappern der Teelöffel auf den Untertassen,
das Aufkreischen der Bremsen, das Knistern

der Abendzeitungen, die den Tod Pasolinis melden,
auf einer Straße in Ostia, wo die Trostlosigkeit haust,
die trotzig vorgeschobene Unterlippe eines Strichjungen
im Pullover, der sich nicht in den Arsch ficken

lassen wollte, der blecherne Trauermarsch von Chopin
nach dem Attentat auf dem Aeroporto-Leonardo-da-Vinci,
der stampfende Schritt der Menge, die auf den Händen
balancierten Särge, über den Köpfen schwankend,

die weißen Handschuhe, die Epauletten der Guardia di Finanza,
das Aneinanderschlagen der Säbel, und das Nicken
des Kellners am Freitag, natürlich ist die Spigola frisch,
und am Tag der Ausstellungseröffnung, in Erwartung

des Kohutekschen Kometen am schwarzen Himmel,
unter den Schwingen der Fledermäuse, rüber zum Haupthaus,
der Kies auf dem Weg knirscht bei jedem Schritt, unterm
Schuh zerplatzen Frösche und liegen am Morgen da

wie ein Vorwurf. Lorbeerblätter zwischen den Fingern
zerreiben und daran riechen. Auf dem Hauptfriedhof
vor den ovalen zu den Rändern hin verblassenden Fotografien
Verstorbener der Gedanke, an einer Grabkammer

auf das eigene Bild zu stoßen, geschmückt mit Plastikblumen,
und ein schweißnasser Rücken auch bei Minusgraden,
wie bei der Fahrt über den Gran Sasso, als plötzlich
Schnee fiel, und in der Bar dello Sport

unter glühender Heizröhre, vor den Spiegelwänden
in Ascoli Piceno wie in den Seitenstraßen
der Via del Corso, vor Weihnachten mit Teppichen ausgelegt,
beim Geruch der Maroni in den Blechtöpfen, beim

Anblick der Katze, die aus den Augen blutete,
im Eingang der Algerischen Botschaft, unter dem
dünnen Licht der Laterne, in der leergefegten
Mittagsstunde, wenn die sanfte Musik der Supermercatos

im Lautsprecher schläft, wenn der Wind die Kaffeesäcke
durch die Straßen schleift, beim Anblick
ausgestopfter Bischofsbälger hinter Glas, beim Klicken
japanischer Kameras auf dem Campo dei Fiori, beim Klappern

der Pferdehufe, wenn in offenen Kutschen Touristen
vorüberfahren, und Todesursachen lauten ab heute:
verschluckte Nägel, Schluckauf, Wurstzipfel in der Luftröhre,
Schwelbrand, nach dem Tod der österreichischen Dichterin,

als die Witwer in Scharen auftraten, in ständig
wechselnder Verkleidung, als Briefträger Taxifahrer
Ananasverkäufer Übersetzer sich in die Brust warfen
mit der Dummdreistigkeit von Erben ausgetretener Pantoffeln,

als wir durch die Stadt fuhren, raus nach EUR,
an den abgeleckten Trümmern der Antike vorbei,
und aneinandergedrängt in der Enge des Krankenhausganges
aseptisches Flüstern hinter vorgehaltener Hand

vorm Blutspendetermin, und zurück durch die Heiterkeit
des Herbsttages, die sich in den Fenstern des FAO-Hochhauses
spiegelte, da war bereits eine Ahnung da
von der Einsamkeit der Platanen, der aufgeschlagenen Betten,

der stockfleckigen Laken, über die Straße gespannt,
der Grappaflecken auf dem Papiertischtuch,
des halbausgepackten Koffers, der Ausreißversuche
vor dem Rauschen des Transistorradios in der Nacht,

den Paukenschlägen der Deutschen Welle, durchfetzt
vom monotonen Leiern arabischer Musik, vor der
den Schädel zersägenden Sirene der Unfallautos,
dem Sog der Pronto-Soccorso-Stationen mit ihren

weitgeöffneten Toren, vor den umgestürzten Flaschen
Verdicchio, den Tränen Christi auf dem Küchenboden,
dem Wunder des geronnenen Blutes, das sich alle
sieben Jahre verflüssigt, andernfalls Pest-

und Cholera-Igel an Land steigen, vor dem sinnlosen
Drehen des Plattenspielers im verlassenen Zimmer,
und dies: das Brechen der Nähte, die auslaufenden Züge,
das Toben der Vögel in den Volieren am Ende

des Parks, Palmenauffahrten, physische Aufstände
und brennendes Gras in den Außenbezirken, wo am Rand
der Romantik die Stangen der Reklameschilder für Agip
schmoren, Präservative, abgehäutete Schlangen, Futter

der Symbolisten, Ölkanister neben gespreizten Beinen,
den ganzen Tag die Vorstellung vom behaarten Stück Fleisch
unterm Rock, Fickwachträume im Postamt, in der langen Reihe
vorm Schalter der Banco-di-Santo-Spiritu, auf der Tiberbrücke

beim Reifenwechsel vor der Stadt, und die Korsetts
der höheren Angestellten unterm taillierten Hemd,
wenn sie hinter dem Pinienwald, von Kerosindämpfen zerfressen,
in Fregene aus dem Alfa steigen, am teuren Strand

die unters Kinn geschobenen Spiegel, die zusammengeklappt
aussehen wie Werkausgaben von Dante, damit die Nußbräune
den Hals auch von unten, im Liegestuhl, und weiter Blick
bis zur Linie, wo das Meer hinter den Horizont kippt,

und plötzlich in der unvorstellbaren Helligkeit des Mittags
meinen: alles müsse noch gut werden, die Verluste
ließen sich ausgleichen, als stünde hinter den zerschlagenen
Bezügen, nicht begriffen im Trychomonadensommer, ein geheimer
Sinn,

Einbildung: der witwenschwarze Schmerz des Südens,
der fliegenschwarze Schmerz am Haken in der Marcelleria,
Notizen bloß mit wunden Nerven auf Trattoriarechnungen
Briefumschläge Zeitungsränder gekritzelt,

Einladungen auf Bütten, die Frage nach dem Nutzen
des Ausharrens zwischen zwei Orten, Rülpsen
aus umgestülptem Magen, saurer Mund des Hauptlehrers,
der sich ins Römische abgemeldet hat, ohne die Entschuldigung

der Not, defizitäres Dasein, befriedigt auf Kosten anderer,
o wir ewig Eingeladenen mit den eingefallenen Bierbäuchen
des Nordens, der Petersdom ist keine Sprungschanze, keiner
fuhr auf im Strahlenkranz des Helden, vorm Verglühen

des Kometen wolln wir zum Haupthaus rüber,
wo die Künstler hängen, deren Witwen Tango tanzen,
o wie ausgeblutet diese Nacht! O wie genügsam die Kadaver
an den Wänden wittern! O wie engelsgleich das Schweben

am dünnen Faden! O Dichter mit den eingebauten
Sprechmaschinen und den ruckenden Bewegungen des Kopfes,
die ewig gleichen Verse dudelnd! O wunderbarer Tango
auf dem mechanischen Klavier, auf dessen Tasten

die Finger des Komponisten festgenagelt sind!
O Komet, Versager, der die Nacht nicht ausgeleuchtet hat,
du saftige Enttäuschung! O Katzennacht, zu deren
kältester Stunde die Sehnsucht über die Alpen wächst

ins Lehmland, das im Halbschlaf vor sich hindämmert, Germania
ovest, Angabe im Paß, Notheimat in der Grauzone
am Ende aller Schienenstränge! O Stunde vor Sonnenaufgang,
bevor die Stadt loslegt, mit den heiseren Schreien der Händler

und dem Donnern der fehlgeleiteten Düsenmaschinen,
bevor die Hundert-Lire-Stücke in die Schlitze fallen
und die Musik ankurbeln, aus den Bars auf die Straße
ins tote Ohr des Paul Getty.

V

Ortswechsel

1.
Erzählung

Einer, der grad angekommen ist, nimmt ein Buch aus einer Kiste und liest in den Briefen eines grad Angekommenen, daß er sich auf die Zeit freue, die ihm bevorstünde: Er werde die neugewonnene Zeit nützen und das Denken umstülpen wie einen Handschuh. Man weiß, wie die Sache ausging: Noch zwei Hauslehrerstellen, eine bei St. Gallen, eine in Bordeaux, irgendwann Autenriethsche Klinik, Turm. Aber noch ist der nicht so weit, wenn auch zwischen den Zeilen bereits Zweifel anklingen, ob das Vorgenommene erreichbar sei. Er sieht den anderen durch die winterkalte Stadt gehen, vielleicht war der Fluß zugefroren. Er nimmt sich vor, die Orte aufzusuchen, die der andere vor ihm gegangen ist. Bevor er an den letzten Ort gerät, weiß er, das wäre der Ort des Verstummens. Unglück des später Geborenen: Die Geschichte von ihrem Ausgang zu betrachten, bedeutet, den eigenen Stillstand einzukalkulieren. Er legt das Buch weg. Über seine Hand läuft eine schwarze Spinne, in ihren Panzer eingegraben die Zahl eines Glücksloses, nicht zu entziffern. Das schwarze Feuerzeug liegt auf dem Notizbuch, die ganze Nacht. Wie lange? Bis sie in Flammen aufgeht.

2.
Ortswechsel

Ankommen. Nicht ankommen.

Die Stille knistert. Wie Schritte über dem Eis.
Wie Feuer, das sich durch einen Tisch frißt.
Die Fähigkeit haben, nicht anzukommen.

Und das Unglück, das einem die Orte sofort vertraut sind.
Es ist, als erinnerte ich mich an sie aus einem anderen Leben.

Wie fremd mir die Orte bleiben durch häufige Abwesenheit.
Wie wenig es mir ausmacht, sie zu verlassen.

Wie ich mich davor fürchte. Es ist, als sei ich an ihnen
festgefroren. Überall lasse ich einen Fetzen Haut.

Im Korridor noch die Kisten. Wenn ich die Tür aufschließe,
der Geruch aller meiner Wohungen.

Natürlich wieder am Tisch sitzen.
Die Gedanken kreisen.

Die Scheiben morgens voller Eisblumen, letztes Mal in der
Kindheit beobachtet, an anderem Ort. Eisblumen.
Gürtelrosen wurden mit dem Wollfaden vermessen und
weggebetet. Winter.

3.
Reportage

Es war so, daß ich am Nachmittag, als es bereits dunkel wurde, über das Eis ging, weil es zwei Punkte auf geradezu ideale Weise miteinander verband: Den, von dem ich kam, und den, zu dem ich wollte.

4.
Erzählung

Einer, der in eine neue Stadt gezogen ist, wird, nach dem Grund des Umzugs befragt, schweigsam. Als man in ihn dringt, sagt er, ihm sei aufgefallen, daß er, einmal unterwegs, zunehmend unwilliger in die alte Stadt zurückgekehrt sei, und nun habe er sich entschlossen, nicht mehr in sie zurückzukehren. Warum er dann aber diese Stadt gewählt habe, will man wissen, und was sie von der alten unterscheide. Er kann nur Belangloses antworten: Verkehrslage, Größe, wenige Bekannte. Tatsächlich unterscheiden sich die Orte wenig voneinander, der alte vom neuen so wenig wie von allen anderen neuen, in die er hätte ziehen können. Ihm ist, als sei er in eine Falle geraten, groß genug, darin herumzureisen, doch zu klein, um an einen Ort zu gelangen, der neu wäre.

5.
Ortswechsel

Jedes will für sich getan sein.
Unfähig, das Einfache zu tun, bleibt
das Schwierige und schreckt ab.

Unablässiges Umräumen: Die Stellung
der Dinge verändern, zueinander,
aber auch zu sich.

Ständiges Dribbling um Stühle,
bis von der Kreuzung ein Pfiff
Abseits anzeigt.

Wieder beginnen unglaubliche Vorhaben
im Kopf. Kaum begonnen: Schon zeigt
das Einfache seine gewöhnliche Fratze.

Die Räume sind einsehbar.
Jedem Objektiv bin ich Objekt.
Soll ich Unterwäsche vorführen
oder Patronen wechseln?

Wozu umziehen, wenn
ich nicht aus meiner Haut kann?

Mörderisches Unterfangen, mit sich
ins Lot zu kommen. Ständiges Einpendeln
auf eine Achse, die schwankt.

6.
Reportage

Es hatte schon seit Tagen gefroren. Vom Fenster meines Zimmers aus hatte ich beobachtet, wie Kinder am Dreikönigstag mit Fackeln über das Eis gezogen waren. Ich bin, wie Sie wahrscheinlich wissen, Lehrer im Hause G. Die neuen Verhältnisse, in denen ich jetzt lebe, sind die denkbar besten. Ich habe Muße zu eigener Arbeit, und die Philosophie ist wieder einmal fast meine einzige Beschäftigung.

7.
Ortswechsel

Verdächtig wie schon
bei den vorangegangenen drei Umzügen, weil:
Die Wohnung mit Bedacht gewählt
in einer Gegend mit Ausländern,
kaum möbliert, kaum Hausrat,
zu hohen Abstand anstandslos gezahlt,
ohne nennenswerte Forderung an den Vermieter,
die Miete wird von keinem Konto abgebucht,
aber pünktlich beglichen, Besuche,
auch von Mädchen aus gutem Haus,
zu nachtschlafender Zeit,
Beruf: schwer auszumachen,
unter sechzig Jahre alt.

8.
Erzählung

Einer erhält die Aufforderung, seiner Pflicht nachzukommen und sich mit Ausweis und Formularen auf dem Amt einzufinden, damit er registriert werde, andernfalls Strafbescheid. Er tritt in den großen Raum der Meldebehörde und erschrickt. An den Schreibtischen hinter der Barriere sitzen 24 Maskierte. Auf einem Klappschild liest er: Der Ansteckungsgefahr wegen, die bei dem herrschenden Publikumsverkehr enorm sei, sähen sich die Beamten gezwungen, Mund- und Nasenschutz zu tragen. Die An- bzw. Abzumeldenden würden gebeten, mit abgewandtem Kopf oder hinter vorgehaltener Hand ihre Wünsche vorzubringen. Die Behörde erwarte Verständnis. Name – Anschrift – Geboren, fragt ihn die Maskierte. Kaum, daß es ihm gelingt, sich zu erinnern. Die ganze Zeit ist er abgelenkt von einem offenen Kehlkopf neben ihm, der mit künstlicher Stimme Antworten schnarrt. Geburtsort – Religionszugehörigkeit – Familienstand.

9.
Ortswechsel

O ihr Träger goldener Wickelsocken
Schlapphüte Homburger deutsche Pygmäen Verkleinerung
des Denkens Nachmittagsfürze erstaunliche
Verkrümmung der Wirbelsäule Nackenschlagtiere
Todgeburten Durchschnittswerte mühelos

10.
Reportage

Es war so, daß ich am Nachmittag, als es bereits dunkel wurde, über das Eis ging, weil es zwei Punkte auf geradezu ideale Weise miteinander verband: Den, von dem ich kam, und den, zu dem ich wollte.

11.
Ortswechsel

Noch immer die Furcht
vor dem, der mir, eingemauert in Wände,
Parolen einflüstert, die als Wissen
anderntags aus meinem Mund fallen.

Schlimm die Leere des Raumes, in der
es aufkreischt, als schlüge jemand
mit nassem Handtuch auf jemanden ein.

Eigentümlicherweise fehlt jedem Rahmen,
den ich erwerbe, an jeder seiner vier Seiten
ein Zentimeter:

So hängen die Bilder,
die mir teuer sind,
in der Luft, unbeweglich,

bis ihnen Flügel wachsen
und sie auffahren durchs Oberlicht,
hinter dem ein Stück Himmel blinkt.

12.
Reportage

Diesen Nachmittag hatte ich Urlaub genommen, um durch die am jenseitigen Flußufer angelegten Gärten, welche um die Jahreszeit verwaist sind, zu spazieren. Ich brauche diese Stunden, denn noch immer fühle ich mich arg geschwächt. Verschiedene Linien verschlingen sich in meinem Kopf, und ich vermag sie nicht zu entwirren. Für ein kontinuierliches angestrengtes Arbeiten, wie es die gestellte philosophische Aufgabe erfordert, bin ich noch nicht gesammelt genug. Ich weiß, ich muß mich vor Abstraktionen hüten. Die Philosophie ist eine Tyrannin, und ich dulde ihren Zwang mehr, als ich mich ihm freiwillig unterwerfe.

13.
Ortswechsel

Am Ende des Tages die Vorstellung,
den immer gleichen Weg gehen zu müssen:
Vom Wohnzimmer in die Küche,
von der Küche ins Wohnzimmer
bis ans Ende aller Tage.

Fleischspieß Markensalz Bohnerwachs Orangen-
saft Liebe Zwiebeln schäln aufwachen Zeitung
Summen der Heizung Abwasch Tabletten schmutziger
Wannenrand Rasierstaub

Es ist wie unter dem Eis abgetrieben werden:
Die Erinnerung an andere Tage,
deren besonderes Merkmal
die Erinnerung an andere Tage war.

14.
Reportage

Es hatte schon seit Tagen gefroren. Vom Fenster meines Zimmers aus hatte ich beobachtet, wie Kinder am Dreikönigstag mit Fackeln über das Eis gezogen waren. Ich bin, wie Sie wahrscheinlich wissen, Lehrer im Hause G. Die neuen Verhältnisse, in denen ich jetzt lebe, sind die denkbar besten.

15.
Ortswechsel

Hinterm Fenster sitzen
und sich selbst auf der Straße laufen sehn.
Auf der Straße laufen
und sich selbst hinterm Fenster sitzen sehn.

Zusammenzucken, wenn die Luft loszittert
vom Heulen der Sirenenautos,
als sei man wieder ertappt worden.

Als ich aufwachte, lag neben mir eine tote Katze.
Als ich sie aus dem Bett schmeißen wollte, war es
meine eigene Hand.

Keinen Gedanken mehr verfolgen,
sondern von Gedanken verfolgt werden.

Mit dem Gefühl aufwachen, der Tag sei bereits vergangen
und man müsse sich dafür entschuldigen.

Glücklicherweise fällt der jährliche Schnee.
So können wir uns über Schattierungen des Weiß
unterhalten.

Und ob diese Kälte ein jährliches
oder ein einmaliges Phänomen sei.

Nie, so weit ich zurückdenken kann,
herrschte
ein solcher Mangel
an Zuversicht.

Die Worte sind arm
und verschlossen geworden.

Eingewickelt in die Kälte der Haut,
geduldig vor den Kassen der Supermärkte,
staunend vor den Resten des Überflusses:

Die Kunden

geduckt   restlos
mit sich zufrieden.

16.
Reportage

Als Lehrer bin ich gehalten, bei den in Abständen stattfindenden abendlichen Gesellschaften anwesend zu sein, sei es, um sie durch gelegentliche Einwürfe aufzulockern, sei es, um Fragen, die im Kreise strittig sind, durch Hinweise einer Entscheidung näher zu bringen. Plötzlich fühlte ich, wie der Boden unter mir nachgab.

17.
Ortswechsel

Nächtens ein Donnern in der Luft,
als würden am Himmel Waggons verschoben.

Turbulenzen, als schlügen Divisionen
von Suppenhühnern mit den Flügeln.

Brüllen aus den Kühlwagen, als würden
die ausgeschlachteten Rinderhälften
noch einmal über die Rampe getrieben,
dem Bolzenschuß zu,

während im Gegenzug
die erleuchteten Fensterreihen
des Nachtexpreß,
lautlos im Traum,

wohin ich lange will,

dem Meer zufliegen.

18.
Reportage

Ich hatte, als ich mich entschloß, die Abkürzung über den Fluß zu wählen, keinen Gedanken daran verschwendet, ob das Eis nun trage oder nicht, sondern war, als ich, hinter der Wegbiegung auftauchend, feststellen mußte, daß die Lichter in der Stadt bereits angezündet waren, in der Annahme, ich sei verspätet, kurzentschlossen darauflosmarschiert. Man mag nun, wo es geschehen ist, darüber spekulieren, welche geheime Absicht hinter der Gedankenlosigkeit verborgen war. Man soll es gleichwohl lassen.

19.
Ortswechsel

Die Tagarbeit des Kopfes.
Die Gedanken kreisen:
Flugmaschinen ohne Landeplatz
am Abend   in der Nacht.

20.
Erzählung

Die zweite Woche: Gegenüber

springt einer aus dem Fenster,
zum Fliegen nicht begabt. Kein Aufwind
greift ihm untern Arm.

Am nächsten Morgen keine Nachricht: Warum
der freie Fall. Kaum Nachlaß:
So viel paßt auf kleinen Wagen.

Sagt einer: Nehmt das Schmerztuch weg,
das rote Laken. An dieser Stelle
stieß die Erde mit dem Mann zusammen.

Dann schrubben sie, Nachbarn,
den Stein:
Die Blutsoße muß weg weg weg,

scheuern mit Bürsten, doch
die Farbe, unverkennbar, sitzt im Stein.
Mit Eisen brechen sie das Pflaster,

wühlen im Schotter,
drunter Sand wie Blut so rot.
Holt eine Schaufel! Dann

schaufeln sie die Erde: pampigrot.
Am Mittag sticht die Sonne
kalt in den Haufen Erde, die noch dampft

vom Blut. Schnell schieben sie
ins Loch zurück die Pampe.
Die Asphaltierer sollen kommen.

Schnell!

21.
Brief

„Leider kann ich für die Beheizung
von Bad und Küche in Ihrer Wohnung
nichts mehr tun.

Wie bereits gesagt,
ist die Kapitaldecke bei diesem Haus
sehr kurz.

Bei jeder frei-
werdenden Wohnung versuche ich,
so gut es geht,
den Wohnwert zu erhöhen.

So sind zur Zeit
im Mittelbau einige tausend Mark
zu investieren.

Ich muß Sie deshalb bitten,
für die Beheizung
selbst etwas zu tun."

22.
Ortswechsel

Trinkhallen. Erstaunliche Einrichtung:
Sogar Tee und Pfefferminzplätzchen.

Bettler. Eigentlich weiß ich nicht,
was mir mehr zusetzt: Das Mitleid
oder das Selbstmitleid. Beides wird weniger,
je mehr ich von ihnen sehe. Die wundersame Vermehrung
der Bettler erklärt die Soziologie.

Annahme. Wenn man einen widrigen Sachverhalt
benenne, sei bereits das Notwendige getan, ihn
aus der Welt zu schaffen.

Aber unentwegt schreit uns, verstärkt
um die eigene Stimme, das Widrige an.

Bis es uns anwidert
und die Bereitschaft wächst,
die Zunge aus dem Maul zu schneiden sich,
verschont zu bleiben
vom eigenen Echo.

23.
Reportage

Zuerst hörte ich ein Geräusch, als spannten Lederriemen zum Zerreißen, wobei nicht auszumachen war, von wo das Geräusch seinen Ursprung nahm. Schließlich war's, als brächen Wagenräder. Nun war ich bereits in der Mitte des Flusses angelangt, und beide Ufer gleichermaßen weit entfernt. Wohin jetzt wenden: Vorwärts oder zurück? Ich muß noch sagen, daß für sonst keinen Gefahr bestand. Ich war allein, die Ufer, von denen hätte Hilfe kommen können, leer.

24.
Ortswechsel

Kultur. Im Schlachthof samstags Jazz.
Eine zerquetschte Lunge
das Saxophon.

Spaziergang. Trockenen Fußes über den Lehmweg. Schweiß unter den Achseln. Der erste Tropfen Regen – ein Gewehrschuß an die Stirn.

Kontakte. Die Angabe einer BH-Größe in einer Zeitung, die umsonst ins Haus geliefert wird.

Begegnung. Als wir aus dem Auto stiegen, sahen wir eine Menschenansammlung. Wir gingen näher heran und stellten uns auf die Zehenspitzen, konnten aber nicht erkennen, was geschehen war. Als wir fragten, sagte man uns, einer hätte sich zu Tode gespritzt. Wir gingen, bevor der Rettungswagen eintraf.

Lokal. „Bistromäßig", sagt die Besucherin, „das liebe ich ... Frankreich, Interieur."

Karnevalsverein. „Nun hat sie wieder begonnen, die närrische Zeit."

Schlager. „Es war der Wind. Wenn der nicht wär."

Geräusche. Türen schlagen zu. In einiger Entfernung eine Kreuzung, Verkehr. In längeren Abständen das ungenaue Dröhnen von Flugzeugen, die längst über die Stadt hinaus sind. Ein Windstoß nur, der sie zurückholt. Anhaltende und abfahrende Taxis vorm Haus. Man kann sich vorstellen, Besucher werden gebracht und wieder abtransportiert.

25.
Erzählung

Einer, der lange in einer anderen Stadt gewohnt hat, trifft einen anderen, der ihn von früher kennt. Der andere vergleicht ihn immer mit einem, den er früher gekannt hat. Es ist ihm, als der andere von früher redet, als meinte er nicht ihn. Der andere betrachtet ihn von der Seite und sagt: Du hast dich nicht verändert. Unwillkürlich entschuldigt er sich dafür. Der andere ist schon weitergegangen, da meint er immer noch, sich verteidigen zu müssen. Er würde ihm gern nachrufen: Ich bin das nicht – fürchtet aber, andere auf sich aufmerksam zu machen, die ihn aus der gleichen Zeit kennen.
Sie haben die Treppe zu putzen, sagt, als er ins Haus tritt, die Fremde. Of course, every time, eure Scheiße.

26.
Stummfilm

Vor einem Uhrengeschäft auf jemanden warten. Jede
Uhr zeigt eine andere Zeit an. Schließlich

zu zweifeln beginnen, ob der Tag der Verabredung
überhaupt stimmt. Kehrtmachen und die Straße

nicht mehr erkennen. In eine Wohnung gezogen werden,
in der es zugeht wie auf einem Wochenmarkt, nur lautlos.

Im hinteren Zimmer kauern Sprinter in den Startblöcken
und verwandeln sich, als das Signal ausbleibt, in Luftballons.

Mit der Menge aus dem Stadion gezogen werden
und in der dritten Reihe eines Beerdigungszuges mitgehen,

der sich auf freiem Feld verliert. In ein steinernes Haus
treten und merken, daß man anstelle des Schlüssels

den Korkenzieher eingesteckt hat. Versuchen, die Tür
zu öffnen, und von den Nachbarn, die einen nie gesehn haben,

der Besatzung eines Streifenwagens übergeben werden, die,
als man das Mißgeschick aufklären will, mit dem Kopf nickt

und auf eine Tafel das Wort LEGENDE schreibt. Nun ist
jedes weitere Leugnen zwecklos. Die Ausweispapiere

sind als Fälschungen entlarvt, die Biographie, derer
man sich sicher wähnte: Ein plumper Versuch, in die Haut

des anderen zu schlüpfen, der vor Jahren
verstorben ist. Als man im Bett liegt,

feststellen müssen, daß man den ganzen Tag kein Wort
gesprochen hat, während ringsherum das Dröhnen anwächst. Wer

eine Rede halten möchte, sollte es jetzt tun und
nicht schamhaft sein.

27.
Reportage

Plötzlich war ich Teil einer Verwandlung, der ich mich gern entzogen hätte. Den Schmerz in den Fingern habe ich weniger gespürt als die Erniedrigung, als ich den Rand des Eises loslassen mußte. Der Ertrinkende zieht jeden, der ihn retten will, mit auf den Grund. Aber es war, so sehr ich ihn herbeisehnte, kein Retter da.

28.
Erzählung

Einer, der tagsüber schläft, sagt, als er, nachdem es lange an der Tür geläutet und er endlich, noch schlaftrunken, geöffnet hatte, er sei nicht derjenige, an den der Brief gerichtet sei. Der Briefträger vergleicht Anschrift mit Namensschild und besteht darauf, daß er es doch sei. Darüber entbrennt zwischen beiden ein Streit, in dessen Verlauf der Schläfer so weit wach wird, daß er erkennt: Der Brief ist doch an ihn gerichtet. Aber weil er sich über die Rechthaberei des Beamten, der der Übereinstimmung von Namensschild und Anschrift mehr als seinem Wort traut, ärgert, behauptet er weiter, er sei nicht der Empfänger, worauf der Briefträger den Brief wieder einsteckt und sagt: Bitte, dann nicht. Zurück im Bett, kann er lange nicht einschlafen. Schließlich schläft er, da er die ganze Nacht gearbeitet hat, doch ein und träumt, er ginge über eine vereiste Straße. Ein Mann, der unter großer Anstrengung sein Auto schiebt, bittet ihn, mitanzufassen: Die Batterie. Als er sich gegen das Auto stemmt, rutschen ihm die Beine weg. Er bleibt, während das Auto weiterrollt, auf dem Pflaster sitzen. Aus dem Himmel schneien eingeschriebene Briefe, Strafbefehle, Gerichtsbescheide. Erst flattern sie leicht zur Erde. Der Autobesitzer springt mit einem Köcher umher und versucht, sie aufzufangen, aber das Netz des Köchers reißt, so schwer sind sie im Eisregen geworden. Der Autobesitzer wirft den Köcher weg und flieht. Er will sich vom Boden erheben, aber seine Beine sind gebrochen. Schließlich prasseln die Briefe wie Steine auf ihn herunter und erschlagen ihn.

29.
Reportage

Es war am Nachmittag, als ich übers Eis ging, weil es zwei Punkte auf geradezu ideale Weise miteinander verband: Den, von dem ich kam, und den, zu dem ich wollte.

30.
Ortswechsel

Unfähig, das Einfache zu tun, bleibt
das Schwierige und schreckt ab.

Unablässiges Umräumen: Die Stellung
der Dinge verändern, zueinander.
Aber auch zu sich.

31.
Reportage

Es hatte schon seit Tagen gefroren. Vom Fenster meines Zimmers aus hatte ich beobachtet, wie Kinder am Dreikönigstag mit Fackeln über das Eis gezogen waren.

32.
Ortswechsel

Das Einfache, was wäre das? Einfach
da sein oder einfach weggehn?

Immer ziehen die einfachen Sätze
andere nach sich. Am Ende

hallt das Zimmer wider von einfachen Sätzen
und berechtigten Fragen, und es bleibt

der Wunsch nach einem einzigen,
hinter dem keine Frage steht,

womit freilich nichts gewonnen wäre. Erst
jetzt nähme der Schrecken seinen Anfang

und schnallte aufs Streckbett. Doch
unauslöschlich ist der Wunsch

nach Einfachheit, Einflüsterungen,
Anweisungen, eindeutig wie Einwegflaschen,

die auf Müllkippen verschüttgehn, während
von den Hügeln, die die Bagger unermüdlich

aufwerfen, Brände schwelen, kleine Feuer
fressen sich durch Tische, Stühle, Sesselpolster,

durchgedrückt von Leuten, die
den Ort gewechselt haben, vorläufig

oder endgültig. Kopfturnerei Luftzufuhr
Erdsturz Vergangenes Muff

das Aufgegebene wie das nie Besessene.

33.
Reportage

Unter das Eis gezogen werden, ertrinken. Welch ein abgeschmacktes dummes Ende inmitten des Neuanfangs, den ich eben noch, als ich durch die winterkahlen Gärten ging, zu erfühlen meinte. Das Jahr war erst wenige Wochen alt, aber in den toten Stöcken, unter der schwarzen Rinde der Bäume bereitete sich schon der Frühling vor; der Boden harter Stein noch, aber in der Luft des Nachmittags, der sich kurz zuvor mit rotflammendem Himmel verabschiedet hatte, schwang bereits das Wissen um das Ende der Eiszeit. Wenige Wochen des Ausharrens noch, und die Erde würde aufbrechen, die Zeit des neuen Hoffens greifbar nahe. Die vor Kälte starren Glieder ausschütteln und sich aufmachen, neuen Mut schöpfen, der in der Dunkelheit des abgelaufenen Jahres fast zerstoben. Es war ja fast nicht möglich, unverhüllt die schmutzige Wirklichkeit zu sehen, ohne selbst darüber zu erkranken. Schon wurden die Tage länger; voller Ungeduld hatte ich beobachtet, wie die hellen Stunden des Tages gegenüber den dunklen Zeit wettgemacht hatten. Da geschah es. Und wieviel hatte ich erreicht? Nichts, nichts.

34.
Erzählung

Einer, dem das Wasser bis zum Halse steht, geht in eine Lottoannahmestelle, leiht sich, da er nichts zu schreiben dabei hat, einen Stift und kreuzt zehnmal sechs Felder an. Als er vor der Kasse steht, hört er hinter sich eine Stimme sagen: Der, der aus dem Fenster gesprungen ist, erinnern Sie sich? den haben sie gesucht, gefahndet haben sie nach dem. Bei uns, sagt eine andere Stimme, ist auch ein Neuer eingezogen. Die ganze Nacht brennt bei ihm das Licht. Er wendet sich um und erkennt die Frau, die ihn aufgefordert hat, die Treppe zu putzen. Warum, denkt er, hat sie ‚auch' gesagt.

35.
Reportage

Ich weiß nur, daß im Augenblick des Entschwindens die Bilder einsetzten. Nie zuvor hatte ich, nachdem der Gedanke an Rettung aufgegeben war, ein solches Gefühl von Glück verspürt. Ich sah Farben von seltener Klarheit, wie sie im Hochgebirge vorkommen mögen. Die Wipfel der Bäume bewegten sich lautlos. Tiefe Stille rundum. Es kam mir vor, als sei es das, wonach ich, ohne es zu wissen, gesucht hatte: Die Abwesenheit der Stimmen. Ich stapfte durch Wiesen und sank bis über die Knie in warmen Morast. Keinen Gedanken mehr haben, nur Bilder. Stille.

36.
Ortswechsel

Die neueren Verlautbarungen:
Würgelaute wie aus zugeschnürten Kehlen.

Wieder dieses Gefühl von Ekel
beim Anblick von Greisen.

Wieder die Angst vor Fremden.
Zustände von Abwesenheit.
Nicht mehr ans Telefon gehen.

Erschrecken vor der grünen Pappfigur
im Supermarkt, weil sie
(in voller Bewegung fotografiert)
nach vorn stürmt und doch auf dem Platz bleibt.

Die Tür nicht mehr öffnen wollen.
Das Symptom erkennen, ihm aber
nicht ohne Genuß verfallen sein.

Jenseits der Angst
wächst etwas heran, schwer zu benennen:
Schmerz Ungeduld Haß.
Wie Krankheiten
reifen falsche Erwartungen. Letzte Zuflucht
der Ungeduld: Tod.

Nun, da der schießwütige Teil
meines Körpers abgestorben ist,
zur Musik der Walkie-Talkies,
das würdelose Schauspiel seiner Beisetzung.
Zeit für Grabsprüche.

Ach, die ihr den Widerspruch nicht aushieltet, der uns
so häßlich macht.
Ach, ihr Trauerfälle gemeinsamer Jugend.
Ach, wir mit der Armseligkeit unserer leeren Köpfe.

37.
Reportage

Nach allen Demütigungen auch diese: Gerettet durch Zufall. Einer, der ein Loch ins Eis geschlagen hatte, um Fische zu fangen, fing mich. Und nun: Den Rest der Zeit als Geretteter umhergehen. Gerettet wovor? Wozu? Noch fühle ich mich schwach. Die Ärzte sagen, ich bedürfe der Schonung. Von den abendlichen Gesellschaften, die mir von Anfang an zuwider waren, bin ich vorläufig befreit. So habe ich die Abende für mich und will sie nutzen. Ich werde weiter arbeiten. In den philosophischen Briefen will ich das Prinzip finden, das mir die Trennungen, in denen wir denken und existieren, erklärt, das aber vermögend ist, den Widerstreit verschwinden zu machen, den Widerstreit zwischen Subjekt und Objekt, zwischen unserem Selbst und der Welt, ja, auch zwischen Vernunft und Offenbarung, – theoretisch, in intellektualer Anschauung, ohne daß unsere praktische Vernunft zu Hilfe kommen müßte.

38.
Ortswechsel

Wieder bricht Gelächter ein.
Sausen des Windes ums Haus.
Kichern der Zer-Wörter: Zer-
fasert zer-rieben Ze-

remonien des Abschieds: Abwinken. Zer-
quetscht zwischen zwei Straßenbahnwaggons.
Das Bild des Köters zuletzt, der, vom Blutgeruch
angelockt, zurückgerissen werden muß.

Oder nach dem bewunderten Balanceakt
in schwindelnder Höhe
auf dem Dreimeterbrett ausrutschen
und auf den Fliesen eines Hallenbads
mit zerschmettertem Kiefer liegenbleiben.

In dieser Partnerstadt von Pertuis Orange
Aix-les-Bains Kolmar Stratford-on-Avon Pisa.

Und wieder schießt aus den Nachmittagsprogrammen
in die Autoradios die Dummheit.

Und wieder Freunden aus dem Weg gehen. Nicht
mehr erkannt werden wollen.

Pfadfindern begegnen, die Stadtindianer jagen.

Die Feder der kritischen Vernunft: Ein
abgekauter Gänsekiel. Der Fortschritt:
Ein geschnürter Frauenschuh. Die Sprache:
Zerstückt zerstammelt,

als wollten sich Idioten
von einem Ende des Parks zum anderen
hinter dem Rücken des Wärters
ein Losungswort zurufen.

Und wieder Abend. Die Zukunftstürme
der Stadt: Vermutungen auf dem Radarschirm,
bis es dämmert, wieder und wieder.

39.
Erzählung

Einer, der nachts arbeitet, streift, ohne es zu merken, die Zigarettenglut am Lampenschirm ab. Die Glut bröckelt aufs Papier, auf dem er grad schreibt. Ihm fällt aber, weil sie auf dem oberen Ende des Blattes gelandet ist, während er auf dem unteren schreibt, nichts auf. Erst als sie sich längst durchs Papier ins Holz des Tisches gefressen hat und ihm die Augen vom Rauch zu tränen beginnen, bequemt er sich, ein Fenster zu öffnen, setzt sich aber gleich zurück an den Tisch und arbeitet weiter.

Der Gerichtsanatom, dem es aufgetragen ist, den Leichnam zu untersuchen, findet im angesengten Brustbeutel des Toten ein Lotterielos, das unversehrt geblieben ist. Nachdem er seine Arbeit beendet hat, vergleicht er es mit den in dieser Woche gezogenen Zahlen und nimmt es an sich. Auf den Totenschein schreibt er: Tod durch Ersticken. Er erkundigt sich nach dem Verstorbenen. Da keine Verwandten da sind, die Einspruch erheben könnten, überläßt man ihm eine Reihe von Papieren, die in der Wohnung gefunden worden sind.

Die Seiten sind nicht numeriert. Er weiß nicht, ob die Reihenfolge, in der sie liegen, richtig ist. Einige sind zerknittert, andere noch feucht vom Wasser der Löschfahrzeuge. Es gibt welche, auf denen eine einzige Zeile steht: Ankommen, nicht ankommen. Andere, die vielleicht vollgeschrieben waren, sind bis zur Hälfte verbrannt, was dafür spricht, daß die Anordnung, in der ihm die Papiere übergeben wurden, zufällig ist: Sie scheinen in der Nähe des Brandherdes gelegen zu haben, andere, unversehrtere, weiter von ihm entfernt. Möglich auch, daß sie über die ganze Wohnung verteilt waren. Er bleibt die ganze Nacht wach und versucht, sie neu zu ordnen; aber es ändert sich nichts.

Am nächsten Morgen schreibt er, um den Gewinn, eine beträchtliche Summe, anzumelden, an die Lotteriegesellschaft.
Er geht nicht mehr zur Arbeit. Man telefoniert nach ihm. Er behauptet, er sei schon vor Tagen abgereist. Aber, sagt sein Vorgesetzter, der seine Stimme kennt, ich spreche doch mit Ihnen. Er hängt ein.
Als er wegen des versuchten Los-Betruges von der Polizei verhört wird, streitet er nichts ab, sondern beharrt im Gegenteil darauf, daß es sein Recht sei, ein herrenloses Los, wie er sich ausdrückt, zu seinem eigenen zu machen. Bevor es andere Aussagen sind, ist es diese – ein herrenloses Los – die die Herren aufhorchen läßt. Er wird daraufhin nicht in eins der umliegenden Gefängnisse, sondern in ein Irrenhaus eingeliefert. Nach einigen Tagen verlangt er nach Feder und Papier. Er will eine Winteroper komponieren.

Verschlungene Linien wie Gedärme./ Eisiger Niederschlag von Gestank./ Glitzernde Windungen gefrorener Gehirne./ Berstende Schädel./ Ein Regen von Knochensplittern./ Eisblumen. Schönheit der Gürtelrose./ Winterspuk./ Durchschnittene Luftröhre. Röcheln./ Eine Oper voll irrer Stimmen./ Stimmen der Irren.

Eine Winteroper, fragt ihn der Arzt.

Ach, sagt er, als der andere gegangen ist, als seine Schritte auf dem Gang wie Tropfen in seine Zelle/ Höhlentropfen von der Decke, die sich senkt,/ auf dem Stein zerplatzen,/ Herr Kollege, sind Sie denn taub?

Inhalt